吉岡太朗
Taro Yoshioka

現代歌人シリーズ
25

世界樹の素描

書肆侃侃房

世界樹の素描＊もくじ

装画　重藤裕子
装幀　宮島亜紀

世界樹の素描

春になると妖精は

月光がこんなにふかいところまで泳ぎにきとる霜月の森

木苺を見えへん場所にいれこんでやがて世界にきいちごの味

みずうみのほとりの町へおりてゆく夜空に翅をひろげてわしは

電話する君の肩へと腰掛けるどっこらしょとかゆわへんように

葉が紅こうなる話などして君は会いたさをまたほのめかしとる

はるかなる常世の国からやってきたもんとして耐える屁のこきたさに

水面のどこに着地をしようともみずにはりつき流れゆく葉は

厚着することに忙しき雑踏のだれにもわしのすがたはみえず
葉のごとく軽きからだを夕風にとばしてみれば自在に舞えり

擬人法てゆうんやそうやひのくれに教わりやがてひとになるわし

包装のやわらかなればどら焼きのはじめ座布団そののち寝床

なんかようわからんけれど泣いてきた様子やブーツ脱いどる君は

にんげんのことば難儀や葉をたたく雨とはずれる雨のあいまに

クレーンは夜更けんなるとあらわれてゆうたら町のみる夢やろう

写真にはアイルランドの海岸と君とほんまは肩に乗るわし

ねむる君　家事は禁止とされとるがぶどうの皮をかわりにほかす

君の見る夢んなかにもわしはいてブルーベル咲く森をゆく傘

電話機のふるえを君は気にしとる信号の緋に濡れる石道

待ちびとは来んくてわしの翅を押すゆびさきのまた雨がつよなる

空におったころの懐古に銀杏葉はときおり道をころがっており

カーテンがふくれて夜の王国の国境線が引き直される

また君は一日分のうんたらを飲んどる欺瞞と虚飾の飲みもん

覚めぎわの夢に群れとる羊らの丘を古城のほうへとむかう

待ち合わせおえて栞をはさみこむ爪はあかるく西日をともし

恋人が来とるあいだは外に出て夜には鷺を実らせる木々

感情はこんな垂直にくるもんか蒼穹へ散る一葉のなく

遊び終えた世界を箱にしまいこむように雨戸を閉ざして君は

みどりいろの飛行機　君の夢んなかのアイルランド旅行が終わりをむかえ

君がだんだんわしと話さんようになるそしてはじめて降る雪の夜

線に降る雨のあわいを舞うあめのまばらんなりてやがて消えゆく

大空の片っぽだけを燃やす赫　こんな小さきからだにうまれ

火と睦みあう冬空をひたすらに見る　みるだけの生きもんとして

君の指の岬にともる約束は春にはここを出ていくことを

てのひらに乗れば笛でも吹きとうてふえふきながら忘れられゆく

君が火をかければやがて湯気の立ちわしは見下ろすその肉じゃがを

もう夢に入れんくなり寝るすがた見とると案外ねぞうがわるい

そうやってわしが見えんくなるまでの梅のつぼみの雪にふくらみ

目で見ても目は触れられず　大雪の街灯に君はジャンプして

晩冬のガラスさわると冷とうてかろうじてあるその感触も

部屋はもう君の不在にとざされて湿気だけでも雨やとわかる

対岸の陽にねこじゃらし向こうへと渡ればここがむこうになること

空からの空もかわらず空でありのっぺりとした青がひろがる

ゆうぐれに送電線のたわみおりつばめよおまえは重さをもちて

感情は消えんと遠いとこへゆく去りし季節のかえりつく場所

手品

点々とうすももいろの足跡をのこして春がかくれんぼしとる

敷石がはがれて空がみえとるとおもうたら三月のみずたまり

雪柳そよぐ季節をすいこんでちいさきもんが川べりを飛ぶ

ゆうぐれをポストの上で過ごしとるポストのうえは見晴らしがよい

街灯にあつまってくる自動車はみな腹這いにねむるけものや

欠けてまた満ちるすがたのつらなりが木立のなかで蹴りあう球の

ゆきやなぎ袖へしもうた時間差にみずきの花をとりだしてみせる

手品師が弾いたゆびの速度にて川をながれてゆくさくらばな

おわらしてきたしろい手がゆっくりと躑躅のつぼみあたためている

わしの手は手品ひとつもできんくて他人の口にたばこを点す

うつぶせに椿の花は落ちとって洋菓子店にクグロフの首

気づかずに近づいたから傷ついたすずめを羽ばたかせてしもうた

冷蔵庫こわれてまえばしかくうて冷蔵庫は四角やと学ぶ

中指のあらん限りを立てている松のさびしき武装蜂起は

世間を騒がせてすんません　夜中にさわいどる洗濯機

てこの原理つこたらからだは持てるからこころゆくまでもたしてほしい

その青が

死ぬまでをこの世におるとゆうながい生前葬に花はあふれて

横倒しんなった鳩から流れ出てはじめて雨とゆうもんにあう

懸命にそれをのぼってゆく人のようなり糸にゆれるひかりは

なにひとつ画鋲に付着せんくても抜いたらそこにある暗い穴

中空に尻をとどめておくもんを前提として机ゆうんは

こんなにも余白を背負いこまされて歌集の歌はしんどいやろう

ふるもんとふられるもんのさかいなくそのさきはしをゆうにわたずみ

紙切れもにんげんさまも磔にされるときには四肢を留められ

人間は平等やってゆうけれどあたまとあしはびょうどうやない

あまつぶは雨をためとるうつわやろ指がふれたらまたうごきだす

なぜこんな大虐殺のじゃこを見てわしのこころは動かへんのか

だれひとり殺さずだれにも殺されず生き抜くことができますように

わしよりも闇のふかさをわかっとる封のなかなるポテトチップは

その青がみえとるときのあおのほかおもわずあおもおもわんこころ

銀の火

くちづけとゆうより食われにくるもんはわしが巣穴に見えるらしくて

まだねむい朝を水琴窟のごと水筒のみず揺れているなり

霧雨にやたらと角をまがるバス団地を供養するかのように

にんげんが塔婆のように立っとってことばときもちしかつうじひん

ぬくもりがもたらす冷えのようなもんつつまれにくる一羽の背の

ふくれたりちぢんだりして銀の火がそこにあるかのような文鳥

ずっとおってても一日ずつしか会えんくてケージに紺の布かけわたす

カンテラのように歩行者信号を提げとる日没の痩身は

雑踏のわしにあらざるもんだけが消えてまうこと許されており

信号のやすらかなまみ影ほどに長うなれたら触れにゆきたし

生きとるもんそうでないもん行き交いて四辻に影の織物をなす

帰りきて回すつまみにガスが火をともしおえたるまでの力みは

生きとっても会うしかできん人たちの墓参りとなにがちがうんやろう

菩薩戦争

念仏をくちにしながらパラシュート菩薩部隊が降下《こうげ》してくる

ほかの世に袖擦り合うもかわたれのおなじ花にて渇きゆく露

弥陀ヶ原てのひらにあり天《あま》の糧食むがごとくに雪を吸うとる

撃たれればうたれるほどに慈悲深きそのかんばせはなお有り難く

閻浮提《えんぶだい》いま夜となり月がくるだれもあめつちを間違えんよう

腕のない菩薩が首のない菩薩が町に来たりて托鉢《りゃくだつ》をする

飲食《おんじき》の間《あい》をあごへと寄せておくマスクに飯食う性のなければ

ちゃぶ台に割れて置かれていし殻はうつしよの手に包まれながら

かまれたら真理が牙から血管をつとうて無明をはらすんやとゆう

たくましき咆闘怪《ほとけ》にいつかなりたしと弥勒は半跏でスクワットせり

合体を終えし仁王が一王となりて真冬の空にたたずむ

南から迫りくる有《飢》日《肉血》月《牙角》燈《闘》佛《武彌》、名《身溶》聞《悶》光《蛟》佛《武彌》、大《堕威》焰《餤》肩《拳》佛《武彌》…

奥底にとどいた声のこだまして念仏を馬の耳がはねかえす

枯葉剤まかれる空の青色青光黄色黄光赤色赤光白色白光

報道に一部誤りがありましたこと、お詫びして訂正いたします。

戦争の事実はのうて朝焼けのなかで他人の鼠蹊部をふく

［お探しのページは諸行無常により削除された可能性があります。］

ヨーグルトに酸塊《すぐり》のジャムをまぜあわせ所定の色に近づけてゆく

天上の蓮　錠剤を飲む人のてのひらを手でささえていたり

すのこの下のほこりを寄せて曼荼羅を砂でえがくとゆう僧のこと

軟膏を塗るとき指の腹におるわしをむなしゅうさせながらぬる

文化面だけぬきとって折り直す　菩薩の生体解剖の記事

普賢散り虚空蔵散りそうやってみな煩悩にまみれてもうた

きさらぎのひかりに湯気が立ちのぼるわしが飲まへんコーヒーたちの

呼吸する舟

夜勤へとくちがひらけて歯ぶらしを他人のなかで動かしており

くちびるの動きを視野のひろがりに見ながらすくう次の一匙

あおじろき箱から鼻の穴までをつなぐ回路を組み立ててゆく

加湿器はつけへんけれど水を張る吸気をすこししめらせるため

先っぽが瓶からぬけんようにしてほとばしりくるもんを待っとる

吸引のチューブの先を水につけ夜からみずを吸いあげており

就寝の一時間後の検温の額に花火をたらす仕草で

Soritа-T 顆粒を水に溶かしこむ微熱をまとうそのひとのため

ねどこへと沈むからだの側臥位は二時間ほどをしずみつづけて

ことばへとうすいひかりをまとわして kindle 越しに読む列王記

肩と膝ささえて体位を変えるとき天球がそのひとのまわりを回る

みなそこのような夜明けをPhilips Respironics 呼吸する舟

時の砂

ほんまには合わすことなどできんくてただてのひらにぬくもりがくる

こぼれゆく　君の非侵襲的陽圧換気《NPPV》のマスクから空気漏れ　時の砂

夕さりにしずかな部屋は方舟のようやとおもう雨音がして

ロザリオの珠の数だけ祈ること足浴のひざに湯をかけながら

細うなる君は月にはあらずしてふたたび満ちてゆくことのなく

沼

はるのあめ君の世界の阪神は負けたるままにきみごと消えて

ひるまならよけいに暗きその部屋に訃報の毒がまわりくる頃

通院の帰りは風がつよかった介護タクシー遅れるゆわれ

車椅子風のふかへんほうにむけ君に吸わせし煙草のいくつ

願掛けのように虚空にかけわたすたばこの橋はなんども燃えて

生涯をかけてしずめることやろうわしとはわしをおわらせる沼

薄明の痣

辞めたさと続けてゆけるとおもわせるかそけきあかりに釣り合うよ自転車《ちゃり》は

ほめられて帰る坂道だまされることのつくづくすきなからだで

三ミリやなくて二ミリと叱られて一ミリ戻すほそき手首を

通勤にいちばんながいしろながすくじらのことをかんがえており

CPAP《シーパップ》の加湿器のふた閉め忘れホースへ流れる水うつくしき

休日をひとつ潰して駆けつけて坂のうえまで車椅子《くるま》を押せり

清拭の終わりにすこしだけはなす話さんかったひと月ののち

休日をうまく過ごすとゆう技量やすまんければ身につかずおり

無職でも自転車くらいやしなえる夜明けの空は痣のごとしも

ゴーレム

同じ師の選歌欄にて公園のゴーレム撤去の歌を見つける

わしかってこどもの頃は遊んだないつでもそこに行ける気がする

スイッチを押したら脚がながく伸び股間であまやどりした記憶

ゆっくりと顔がくずれてああこれは笑いにいたるまでのプロセス

てのひらはみなの展望台やった土のにおいのするそのくぼみ

頭にもくぼみがあってともだちは腕を足場にそこまでのぼる

ゴーレムにこの種植えてみないかとあたまへ土をはこぶともだち

たましいがないのは僕らのほうかもね　夏の終わりにともだちがゆう

１００よりもなぜか大きい数のようきみのテストの９８は

秋の日のさしそこねとる教室で銀貨をみずにしずめる遊び

きみんちは八階建ての八階でマリオカートをよくしに行った

ルイージは赤い甲羅を投げつけて来年はとおい町へいくとゆう

親指の付け根のほうにのりだしてふたりで冬の虹を見上げる

ミニターボして追い抜かすルイージはきみやなかったただのNPC《ルイージ》

転校も進級もないてのひらのくぼみの水にうかぶ花びら

初夏、土のにおいがいっそう強なって、そういやあの種咲かんかったよ

不自由律

夕日ふんだり夕日けったりする河原にておひらきになんのを待っとった

なんやかばんの皮やったんか机のうえにこぼれる黒いふしぎな砂は

横の男女がきのうの雨のはなししとって降りだすころに話題がかわる

ひと部屋借りて用足すあいだ首のうしろをじっとひかりが天井からの

鳴ってからやと耳かばうんは遅いですよとこころない目でみてしまいたり

豪雨のなかを揺れる青葉のまるきうごきのこころすなわち弾力なれば

過去にもどると夕日きれいでわしは自分に会う気せんくてずっと歩いた

胎蔵界の切符

胎蔵界で切符やとゆわれたあとも手帳が続く

そのひとがゆうときに彼岸でくちがまわりをうごく

ええ夢かゆわれたかって見とったほうのわしが夢やし

買うとればそこにあったしそのことが続いたやろう

硝子にもうつっとるからつり革に期待せんでも

かたちゆうのは律儀やな手ぇ合わすんに合わす手がいる

角ばって草はらを見るをみてまう病気をのばす

向こうからきてくれへんしおなじわしでも二倍とおいわ

両足がはなれとんのは厨やとなくなるんやろ

どの手から生えとる胴がとおいかを示すんに傘

そのゴルフかて湖の分類法にしたがうやんか

電話して来んくなるその中間に何食か飯

気を付けてくださいねってことばの方にゆうたやろそれ

ひらくんは便器の顎も仏壇のあなに倣うて

雨の日に美女がおるのは公園のときだけらしい

別れたあとがわしにないことが常識なんて怠惰や
ラーメンに寄るもんは低いところにいこうとしとる

書かれとる側は楽やろ先天的に慈しみやし

ハンドルは右か左にはじめから寄っとる敷地

奥行きがいくつやろうかトイレのもあけたままやと

この鳥居から順番と上で見んでも家建つさかい

ほとけしか出られんわ本は中身もブイの字やから

どの枠がテレビのやつか向こう岸やとすぐわかんのに

そこに毛が落ちとることが皮膚になる瞬間のふた

わしがもう買うた野菜はあんたからまたわしに来る

うすいよふけ

のんどるとしょっぱなからのこーひーがうすいよふけにかわりゆくあお

とうだいのねじれゆくたびゆうれいがざんぎょうだいをわりましにくる

そのくろいわっかんなかにめをあずけかわりにわしがみとるそのあめ

ぶつぎれにされてもさいしょのほうにだけひだまりがあるとゆうこーひーは

おりづるをじゅんにひらけばかなたではゆうをゆわえてゆくうごのうみ

ひゆになってしもうたあとのゆうやけをよりやくためによりわけたうま

つりかわのゆれてこのよでつるくびとあのよでくびをひかれるつりの

ぬれてゆくことがあめへとかさねられとるのをみきのうちがわのもり

びょういんをひとあしごとにくびになるいしがほとけにされとるにわで

なるもんがいくつあんのかめんせつでまたがすますくつけとるそふぼ

にんげんをやめたあなたをさりしのちにんげんがなわのわをとぶひなた

もうにどとこうじげんばであそんどるよるをしょるいのほうへとよせて

洞窟

洞窟をたまの散歩にだしてやる洞窟用のリードをつけて

せいうちが横一列に並んどるようなちいさき鴨川の滝

自転車が自転車を抜く遠景の橋　そこに感情はあったやろうか

すれちがうおとこも洞窟連れておりたがいのうつろしばし見せ合う

洞窟でひやしたビール飲む暮れの川には一輪挿しの白鷺

右岸からそそぐあかりは水紋のうろこのうえをじっとしており

洞窟のひとでゆうなら肺ほどのふかさにねむる　洞窟と寝る

ゆめのような

近づけば水面の家は散りぢりのひかりとなりぬ流れの綾に

こころまで濡らさんための胸板の湯気がしずかに湯をはなれゆく

それらしき木はなけれども敷石にかえでのひとつ濡れて張りつく

たいせつなレシートばかりポケットにうしないやすき夕冷えの風

まだそこにおるタクシーは四枚のつばさのうちのひとつを広げ

薄野に寝入るここちの蚊帳とゆうおかしなもんを祖母はしつらえ

くみしいとるほうもしかれとるほうもかえでの赤くぬれとる草地

くちびるをはずせば鯛は歯を見せて煮汁んなかにわらっていたり

町並みが焼かれんままに暮れてゆく長虫のごと川は動きて

再會とゆう喫茶店うすくれを里へ向かえば灯をともしおり

いくつかの鍋がかさなる寒い日がさむかった日を湯気によびよせ

ゆうやけを灯す蠟燭は鷺ではばたきののち火ののこされる

くちびるは息の通い路やけどから痛みが空へ溶けだしてゆく

海抜をしるして青き立札よあんたも海をのがれきたんか

つきかげが水面のうえに敷く道を渡ろうとするような日々やった

伏見生コンクリートのゆめのような色彩の壁とちいさな窓

世界樹の素描

洗うたら止まり木のいろ濃うなって冬のおわりの森の香をもつ

くちばしがとどかん場所にさしてある青菜みたいにことばはとおい

いのちある勾玉として文鳥をつかのま袖にむかえいれとる

手が足のたかさにおりてくることのそのいちまいを拾おうとして

見ることのわざとらしさに風景が額縁を持ちはじめんのを

あこがれを絵筆にたくすようにしてそらへと鳥をはばたかす枝

木やのうて木の葉と木の葉の関係を描こうとしたらこうなったんや

花を見るときにははなを咲くようにせやないとみたとは言えんて画家は

いっぽんの大樹の素描むしろ絵が描くかのようにかきはじめられ

いつまでも瞼んなかにゆうやけを引きずってくりかえし見とる

枯れ枝が切り分ける空　星をのんだかじやが星をかえしたあとの

世界樹のこれから描こうとするもんとかかれるもんのあわいに繁る

夜を終わらせる

西日がさしこむと明るうなって、窓に浮かんどる方の君が消えた。

ホットショコラなる飲みもんはとうに空で、カップにはこげ茶色の泡が張りついとる。

読書にはきっとあんまり集中できんのやろな。何度もおんなじところを読んどるようで、頁は行ったり来たり。

月に一度誘ってくるその男。関係を発展させるつもりはないんか、ただ会うことを目的に会いにくる。自分からは君の指にさえ触れたことのないその男。君は男の誘いがくるのを、寡黙が秘める感情の中に待ちわびとる。

君の逢瀬はそういう逢瀬。初めて会うた時からずっとそうやった。

やがて掛け時計の長針が、円の底にたどり着くと、君は本に栞を挟み込む。いましがた開いとったところから、わざと一ページ戻して。

月が南中する頃に、金属の音。扉のむこうからきた君は少し酔っとるようや。それはさっきまで包まれとったもんの残り香のようで。

バッグを置き、ストッキングを脱いでソファに転がる君。なんとかという観葉植物をぼんやり見ながら、過ぎ去った時間の余韻を噛みしめとる。

けして朝までは辿り着かへん二人。今夜という時間は、先月の一夜の焼き直し。その夜から君も男も、一歩も前に踏み出そうとはせえへん。

もうその男がここにおらんということ、さっきまでおったということ。満たされとるんか、欠けとるんか、あったかいんか、つめたいんか、自分でも分からんくなっとる君。

そんな君の天秤がさびしさの方へ傾いていくのを、ただ待っとった。

そういう時間の繰り返し。そのはずやったのに。

でもその夜はいつもと違うた。独り言なんか言わんはずの君が、ドアの向こうで声を出しとる。そして、その声に答えるもうひとつの声。

君が男を伴って部屋に帰ってきた。ついに来たんや。君が夜を終わらせて、朝へと旅立つ日が。

そうこうしとる内に、君は男をソファに座らせて、自分も隣に腰掛ける。酔い覚ましのコーヒーを飲みながら、二つのからだはちょっとずつ距離を詰めようとしとる。

そら仕方ないやろう。いつまでもこのままではおれんのは分かっとった。君とすごした時間。君にとっては負の時間やったやろうけど、わしにはとても心地ええ時間やった。ありがとう、今日で君とはさよならや。

わしは窓ガラスをすり抜け、どこまでも広がる闇に身を投げ出した。

歌集制作でお世話になりました田島安江さま、黒木留実さま、宮島亜紀さま、重藤裕子さま、制作を応援してくださった多くの皆様に感謝をささげます。

■著者略歴

吉岡太朗（よしおか・たろう）

1986年、石川県小松市に生まれる。
2002年、J・R・R・トールキン「ニグルの木の葉」を読み、創作を志す。
2005年、井辻朱美に触発され、短歌をはじめる。
2007年、30首連作「六千万個の風鈴」にて第50回短歌研究新人賞を受賞。
2014年、第一歌集『ひだりききの機械』(短歌研究社)を刊行。

「現代歌人シリーズ」ホームページ　http://www.shintanka.com/gendai

現代歌人シリーズ25

世界樹の素描

二〇一九年二月二十日　第一刷発行

著　者　吉岡太朗
発行者　田島安江
発行所　株式会社　書肆侃侃房（しょしかんかんぼう）
〒八一〇-〇〇四一
福岡市中央区大名二-八-十八-五〇一
TEL：〇九二-七三五-二八〇二
FAX：〇九二-七三五-二七九二
http://www.kankanbou.com　info@kankanbou.com

DTP　黒木留実（書肆侃侃房）
印刷・製本　アロー印刷株式会社

ISBN978-4-86385-354-6　C0092